U0009621

城市夢想家的愛情塗鴉

米榭兒 作品

明天再做乖女孩

Play Girl

人生像電影，

有時候是超現實，

但大多時候是寫實主義。

catch 50 明天再做乖女孩

作者：米榭兒
責任編輯：韓秀玫
美術編輯：何萍萍
法律顧問：全理法律事務所董安丹律師
出版者：大塊文化出版股份有限公司
台北市105南京東路四段25號11樓
www.locuspublishing.com
讀者服務專線：0800-006689
TEL：(02) 87123898　FAX：(02) 87123897
郵撥帳號：18955675　　戶名：大塊文化出版股份有限公司

總經銷：大和書報圖書股份有限公司　　地址：台北縣三重市大智路139號
TEL：(02) 29818089 (代表號)　　FAX：(02) 29883028　29813049
製版：瑞豐實業股份有限公司
初版一刷：2002年 11 月

定價：新台幣 220 元
ISBN 986-7975-59-6　CIP 855
Printed in Taiwan

訂做一個他

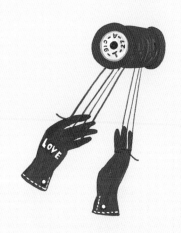

24年的單身生活裡，
我從沒有真正
談過戀愛……

現在我最想做的，
是剪裁出自己的
愛情圖形。

工作的地方，
也是做夢的地方。

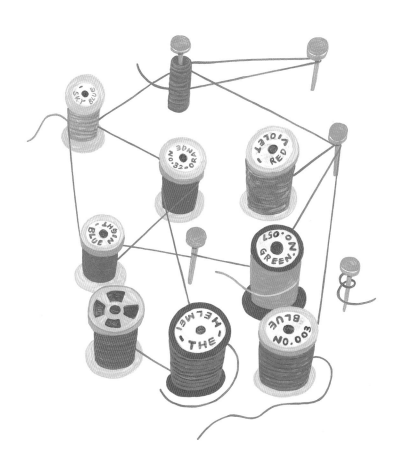

我要為自己做一件高貴華麗的禮服，
希望有一天能為某個他穿上‥‥

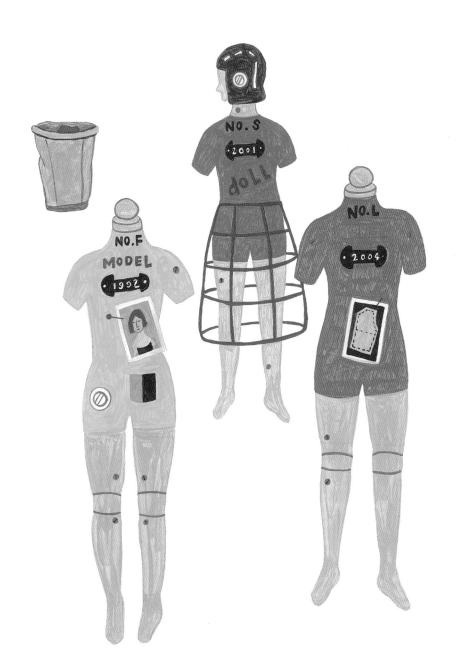

好情人是浪漫的。

除了體貼，有耐心，好情人還要會唱歌，

無聊時常常想出新玩法……

我要按照這模版剪下，添加色彩，

織出愛情的圖樣。

空氣裡充滿沉默、枯燥‥‥

原以為他就是我的 Mr. Right。

下雨天，又錯過某些東西‥‥

彩色的絲線，彩色的纏繞……
是我編織，
還是我被編織了？

換一種髮型，
換一種心情。
也許可以找到
正確的途徑‥‥

或者，

一個人喝咖啡也很享受

一人旅行，
也不用配合誰的進度，
自在享受寧靜的旅程。

幸福不是只有被愛，
桌上蠟燭，穿上舞鞋，
一杯紅酒，
心裡感覺也很滿足。

誰還需要那件禮服？

恋愛地図

青春像一張唱盤，
唱著戀愛的歌。

不管是在街上兜風、閒逛、吃東西……
在一起，就是很開心。

香濃的啡啡，漂浮在上面的鮮奶油，
攪拌後產生化學作用，
就像我們相處的感覺。

一起看電影，靠得更緊密。

捷運市府站的華納威秀出口，
是我们集合的老地方。

東區是一個藏寶庫，
我們在裡面搜尋
彼此心愛的小東西。

咖啡館是我們的休息站，
檢驗採購後的戰利品。

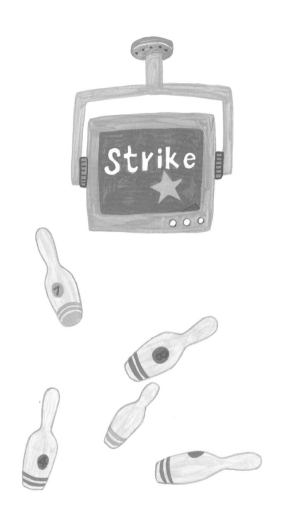

球在軌道上滾動，
彼此心意在保齡球館裡撞擊。

淡水河上的風，吹亂我的頭髮。
河堤分隔兩岸，
我们的距離卻在減少……

在漁人碼頭，一起看落日，
趁月光逝去前一起數星星。
我倆心中也畫著無數秘密的地圖。

我们在夜晚的書店遊歷，
知識像醃檸檬一樣，
很難入口，
卻有豐富的內涵。

24h. BOOKSHOP

245

Books
MUSIC
CAFE

ART   A NOVEL   LA BOI O DAVIO

我们一路同行，乘坐电车，穿过地底，
迅速超越城市的藩籬。

秋天來了，
比一年前，
比昨天，
更多、更愛你。

我想天堂真的存在，
愛情是戀人的仙境。

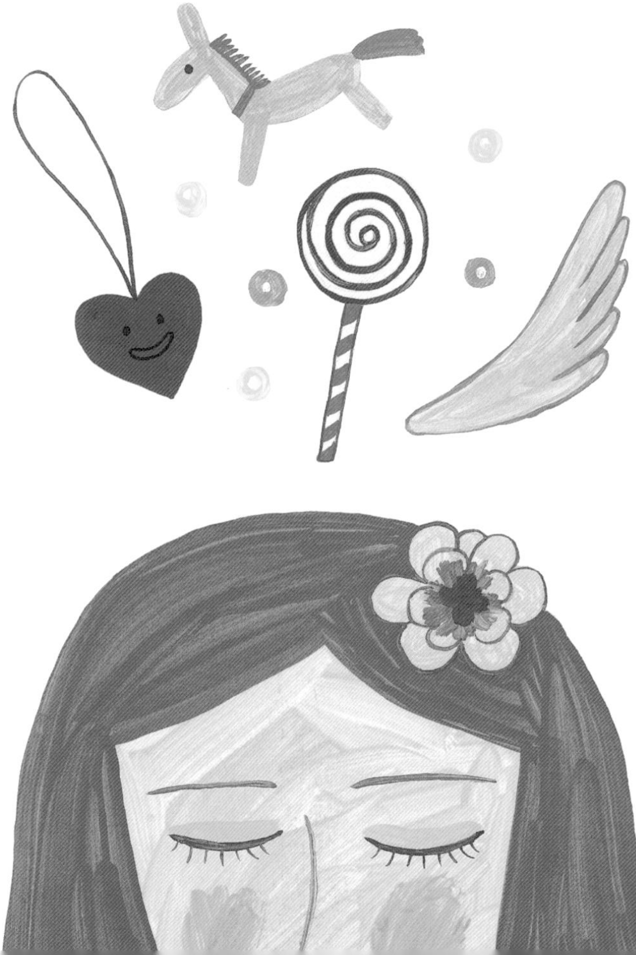

我们就是彼此想念的地图。

Play Girl

明天再做乖女孩

Play Girl

早晨，在鏡中看到自己有些蒼白、失血
我的每一天，
總是在這樣的狀況中展開‥‥

匆匆忙忙擠上捷運，我抬頭望望身邊，
有沒睡飽的學生，眼圈發黑的上班族……

灰撲撲的臉
看不出高興或悲傷，跟我一樣。

公司制服讓每個人看起來變成一個樣子，
我染的藍色頭髮
彷彿變成破壞公司形象的殺手，
更別提經理三番兩次偷瞄我的彩色網襪。

我只是維持都市生活運轉的
小小螺絲釘……

無論如何那只是一個我，

下班後，

我要洗掉白天的那個我……

我只需要「短暫變身」！

這些都是我的秘密武器。

酒保，給我一杯 B52 ‥‥
走進 PUB，想好今晚扮演的角色，
搜尋 未知‥‥

他向我走來，
看起來就是那種
Hip-pop美國風
的男生。

SEX

慾望城市

KTV

coffee 24 hr.

Au gogo

SOUL

CAT PUB

東區電影院

在你我第一個吻開始之前，
城市裡所有的戀情也都同時在發生。

啊！迷人的夜晚……

一場短暫的戀情結束，
明知如此，還是忍不住一朵朵的悲傷。
但在這城市，每天都會重新開始，
不同的遇合故事……

旅行咖啡館

世界充滿shopping的角落，
而咖啡館是沉思的角落。

LONDON

倫敦會變色的天空，
還來不及把傘打開，
傾盆大雨就下來了‥‥

PARiS

五個巴黎人，
一對情侶和他們的小孩，
和小孩的兩個朋友。

TOKYO

原宿的流行教主身上有
最正点的流行訊息。

TOKYO

TOKYO

表参道上的表演芸術家，
自己也是街景的一部份。

KYOTO

京都夏日的居酒屋，
有著春櫻的色彩。

在紐約的高樓，
仍然可以享受咖啡，
記錄行程中的我。

MEXICO

穿過墨西哥城的市集，
憲法廣場吹來的風，
讓人想起芙烈達‧卡蘿畫中的憂傷。

GERMANY

德国童話大道，
南起哈瑙，北至布萊梅，
沿著公主的長辮子，
走進格林童話的故事裡。

GERMANY

在德国Alsfeld,
黑森林裡的人仍喝著啤酒,
過著小紅帽時代的日子。

Bier

Helles
Dunkels

上海

昨天的弄堂老街，
明天的金融大樓，
在上海，
我跌進時空交錯裡。

香港

在太平山頂俯看
美麗的維多利亞港夜景。

到處都有的光，
帶來咖啡的美味芳香。
轉個方向，
又可以看到新的光源。

後記

創造一個世界的快樂

城市對女子來說是好玩的。

想的是如何愛自己、買名牌、知道自己要的部分，

而不光只是做家事，或研究食譜。

對我來說，生活只有逛街、

看電影、喝咖啡，好像不夠，

還想留下一點甚麼……

該把生活創意與美感結合在一起，

讓作品來說說話吧！

我極少思考畫畫對我而言是甚麼，

我也不知道從甚麼時候開始，

畫畫已經存在我的生活裡。

無論如何，我的圖畫世界是愉快的。

對那些聽我說要出繪本就一直支持我的人，

非常感謝。